Meet Martha

MARTHA HABLA
Conoce a Martha

Written by Karen Barss | Escrito por Karen Barss

Translated by Carlos E. Calvo | Traducido al español por Carlos E. Calvo

Based on the characters created by Susan Meddaugh
Basado en los personajes creados por Susan Meddaugh

HOUGHTON MIFFLIN HARCOURT
Boston • New York

For information about permission to reproduce selections from this book, write to
Permissions, Houghton Mifflin Harcourt Publishing Company, 215 Park Avenue South,
New York, New York 10003.

ISBN: 978-0-544-43508-7 paper-over-board
ISBN: 978-0-544-43513-1 paperback

Design by Bill Smith Group.

www.hmhco.com
www.marthathetalkingdog.com

Manufactured in China
SCP 10 9 8 7 6 5 4 3 2 1
4500517341

AGES	GRADES	GUIDED READING LEVEL	READING RECOVERY LEVEL	LEXILE® LEVEL	SPANISH LEXILE® LEVEL
5–6	1	I	15–16	250L	240L

Meet Martha.
Martha looks like a normal dog.

Conoce a Martha.
Martha parece una perra normal.

She likes to dig in the garden.
And she likes to dig in the trash!

A ella le gusta cavar en el jardín.
¡Y le gusta cavar en la basura!

Martha likes to be petted and scratched.

A Martha le gusta que la acaricien y la rasquen.

She loves to eat.
Did you know Martha can order a burger?

Le encanta comer.
¿Sabías que Martha puede pedir una hamburguesa?

Yes, Martha is one special dog.
She can talk!

Sí, Martha es una perra especial.
¡Puede hablar!

How is this possible?
One day Martha ate alphabet soup.

¿Cómo es posible?
Un día Martha tomó una sopa de letras.

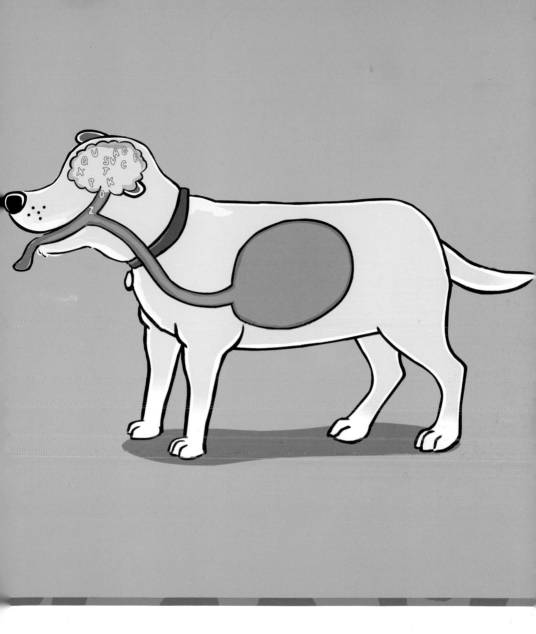

The letters went to her brain, not her tummy.
Then Martha spoke!

Las letras no fueron a su estómago, fueron a su cerebro.
¡Y Martha habló!

Martha's family was very surprised!

¡La familia de Martha se sorprendió mucho!

Martha told them all about her life.
Finally she could tell them what she was thinking!

Martha les contó toda su vida.
¡Por fin les podía decir lo que pensaba!

Martha and Helen are best friends.

Martha y Helen son grandes amigas.

Helen likes to draw and paint.
Martha gives Helen advice.

A Helen le gusta dibujar y pintar.
Martha le da consejos a Helen.

Helen's mom works in a flower shop.
Sometimes Martha helps out.

La mamá de Helen trabaja en una florería.
A veces, Martha la ayuda.

Helen's dad drives a bus.
Martha chats and keeps him company.

El papá de Helen conduce un autobús.
Martha charla y le hace compañía.

Helen's little brother is Jake.
Martha is helping him learn to speak.

Jake es el hermanito de Helen.
Martha le ayuda a aprender a hablar.

Martha's brother is Skits, who does not talk.
So Martha tells the family what his barks mean.

Skits es el hermanito de Martha, y no habla.
Así que Martha le dice a la familia qué significan
sus ladridos.

But sometimes Martha talks too much!
She ordered pizza on the telephone . . .

¡Pero a veces Martha habla demasiado!
Ella pidió una pizza por teléfono...

then her family found out!

¡y la familia se enteró!

Sometimes Martha surprises people.
Words can be fun.
Words can also be very useful.

A veces Martha sorprende a la gente.
Las palabras pueden ser divertidas.
Las palabras también pueden ser muy útiles.

Words helped when Martha was in the dog shelter without her collar.

Las palabras ayudaron cuando Martha terminó en la perrera sin su collar.

And one time, Martha even stopped a burglar!
Her family was very proud.

Y una vez, ¡hasta detuvo a un ladrón!
Su familia estuvo muy orgullosa.

Martha is one lucky dog. She can speak!
And her family loves her very much.

Martha es una perra con suerte. ¡Puede hablar!
Y su familia la quiere mucho.

Story Picture Cards
Tarjetas del cuento

Punch out the cards and use them as flash cards or story picture starters. For the story picture game, take three to five cards and lay them on the table. Try to use the new vocabulary words in that order to tell an original story. Mix them up and do it again!

Desglosa las tarjetas y úsalas para recordar el cuento. Para el juego con ilustraciones, saca de tres a cinco tarjetas y ponlas en la mesa. Intenta usar el vocabulario nuevo en ese orden para contar un cuento original. ¡Mézclalas y empieza de nuevo!